KB016752

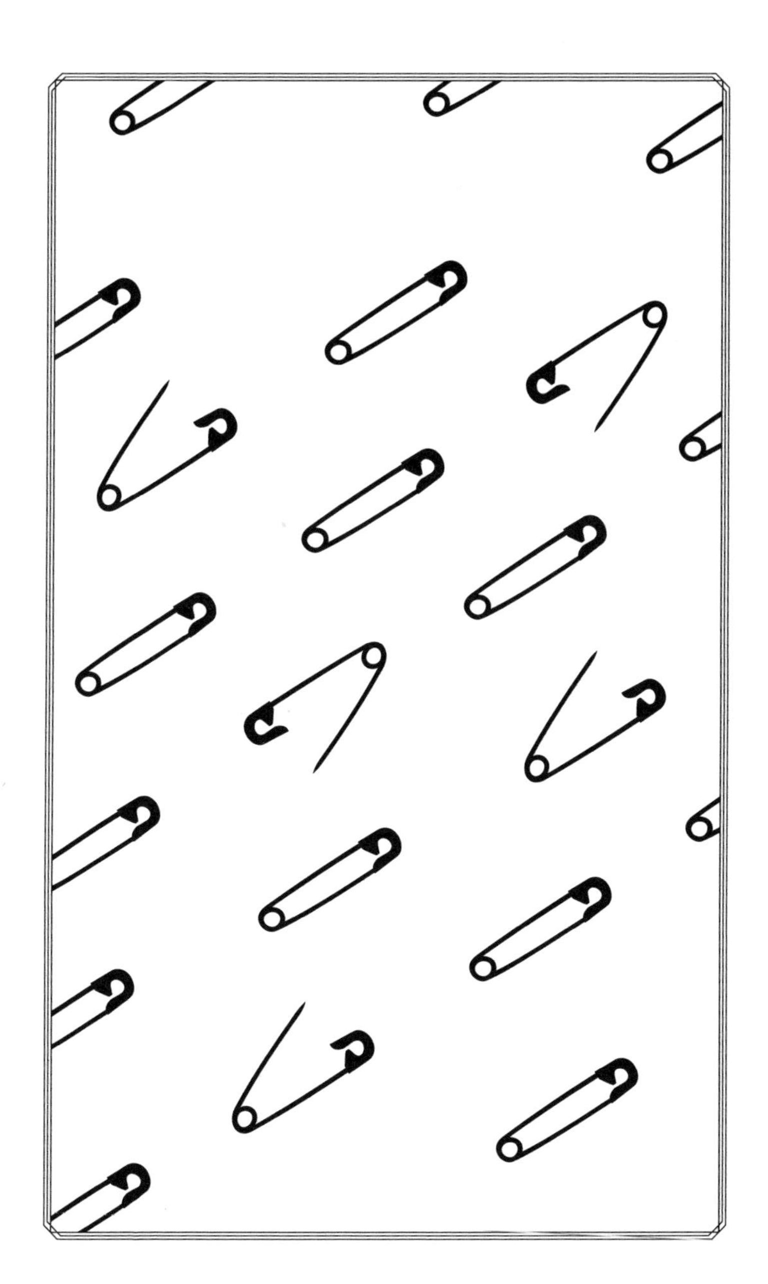

아침달 시집

나는 이름이 있었다

오은

시인의 말

사람으로 태어나

사람을 이해하고 사람을 오해했습니다.

사람이라 이해하고 사람이라 오해했습니다.

사람을, 마침내 사람됨을 생각하게 되었습니다.

엄마 아빠, 건강하세요.

저는 이제야 겨우

아들이 되었습니다.

2018년 한여름에

오은

차례

부록

사람

뒤가 급해 화장실 문을 다급하게 두드렸다
"안에 사람 있습니다."
또렷한 목소리에 몸이 굳었다
볼일을 뒤로하고 밖으로 나왔다

밤하늘이 있었고 아침 햇살이 있었다
황무지가 있었고 뱃고동이 있었다
무인도가 있었고 사람이 있었다

아무도 눈길 주지 않았던 곳에 기척이 있었다
아무도 발 들이지 않았던 곳에 자취가 생겼다

발가벗은 아이가 있었다
아무것도 입지 않은 아이가 있었다

기쁘다
부끄럽다

태어난 그대로라 아이는 기뻤다
아이를 만난 나는 부끄러웠다
볼일을 보지 않아서
실은 너무 많은 것을 봐버려서

밤하늘처럼
황무지처럼
무인도처럼
어느 순간 변해버려서

기쁨이 있었고 부끄러움이 있었다
온몸으로 기쁨을 받아들이는 사람이 있었다
다행히 아직 부끄러움을 아는 사람이 있었다

풍경화에서 미처 빠져나가지 못한 정물처럼
사람들이 모여 있었다

죽고 싶어요
사람이 말했다
죽기 싫어요
사람이 말했다
실은 모르겠어요

사람이라 말했고 사람이라 거짓말했다

믿음이 있었고 믿어주는 척하는 사람이 있었다

속음이 있었고 속아주는 척하는 사람이 있었다
심상치 않은 기척들이 있었다

도저히 감출 수 없는 자취들이 있었다

밤하늘을 뒤덮는 아침 햇살처럼
황무지에 울려 퍼지는 뱃고동처럼
무인도를 수놓는 사람처럼
어색하고 껄끄러웠다

아이가 시원하게 볼일을 보기 시작했다
너는 누구니?
아이는 도리어 나를 빤히 쳐다보았다
나는 누구지?

지갑이 제대로 있는지 주머니를 더듬었다

불이 나거나
비행기를 타거나
근사한 집을 짓거나
어딘가에 불쑥 나타날 때에도

아직 당신이 사람임을 증명할
또 다른 사람이 필요하다

볼일을 다 본 아이가 씩씩하게 걸어가기 시작했다

정물 하나가 자리에서 일어나
풍경이 되었다

밤하늘이 아침 하늘이 되는 것처럼
황무지에 새싹이 돋는 것처럼
무인도에 온기가 도는 것처럼
꾸밈없고 자연스러웠다

기쁘다
부끄럽다

기뻐서 마침내 부끄러운 사람이 있었다
부끄러움을 알아서
겨우 기쁜 사람이 있었다

안에 사람이 있었다
바깥에도 사람이 있었다

아직 화장실이었다

보는 일이 앞에 있었다

궁리하는 사람

이야기가 필요해
사람이 있고 집이 있고
집에는 책이 있고
식탁 위에는
꽃병도 있는 이야기

정작 꽃병에 물이 없었다

이야기가 났으니 말이지,
사람에게는 자신만의 이야기가 있지
숨기고 싶고
들킬까 봐 전전긍긍하고
그래도 누군가는 알아줬으면 하는 이야기

집 안에도, 책 속에도
식탁 위에도
이야기는 무궁무진하지

이야기를 바탕으로 꽃은 시들고 있었다

암만 씻어도
아무리 청소해도

제아무리 들여다봐도

표가 나지 않아서 그렇지

이야기를 떠올리다
꽃병에 물을 채워야겠다고 생각했다
꽃에 물을 주는 것과는 엄연히 다른 이야기

오고 가야
나누는 것이 되고
담론이 되어 밤을 밝히고
항간에 떠돌며 손상되기도 하다가

이야기의 끝에서 기적적으로 만나는 이야기

밥때가 되면
식탁 위에서 다시 외로워지는 이야기
운때가 맞지 않아
집 안에서 자취를 감추는 이야기

침묵하는 꽃을 핑계 삼아

또다시

이야기는 장황해지고

이야기는 쓸데없어지고

이야기는 황당무계해지고

이야기는 거짓말 같아지고

꽃병에 물을 채우다

이야기를 꺼낸 사실을 잊고 말았다

사람이 있고 집이 있고

집에는 책이 있고

꽃병에 물만 채우면

소문처럼 부풀어 오를 줄 알았던

이야기가

말문 밖으로 새어 나가기 시작했다

궁리하지 않으면

말하기 전에 벌써 곤궁해졌다

바람직한 사람

강당에 사람들이 모여 있었다. 네가 사람이야? 고성이 장내를 쩌렁쩌렁 울렸다. 사람들이 일제히 고개를 돌렸다. 내가 사람인가? 자문하는 사람도 있었고 나는 사람인데, 확신하는 사람도 있었다. 사람인지 아닌지 긴가민가하는 사람들이 가장 많았다. 어딘가를 멍하니 바라보는 사람들도 있었다. 사람이길 포기한 사람이거나 사람에게 더 이상 기대를 품지 않은 사람이었다.

사람이 어떻게 그럴 수 있어? 시선이 향한 곳에는 사람이 서 있었다. 사람인지 아닌지 긴가민가하던 사람이었다. 갑자기 사람으로 호명된 사람이 어리둥절한 표정을 지었다. 어떤 일을 했는지 생각하기 시작했다. 그제야 자신이 좀 사람 같았다. 사람으로 호명되지 못한 사람들이 웅성거렸다. 눈초리와 콧등과 입매가 실시간으로 변했다. 사람 같았다가 사람 같기도 했다가 어느 순간, 사람과 흡사해졌다.

강당은 제 역할에 충실했다. 사람일지도 모르는 존재들이 한데 모여 있었다. 수용소 같기도 하고 큰 방 같기도 하고 언뜻 보면 모델 하우스 같기도 한 공간이었다. 연설을 할 수도 있고 운동을 할 수도 있고 여차하면 싸움도 벌일 수 있었다. 먼저 사람이 되어야지! 사람이 사람에게 소리 질렀다. 사람이었던 사람이 움찔했다. 아직 사람이 된 게 아닐지도 모른다는 무서운 생각이 들었다.

강당에 사람들이 모여 있었다. 바라는 사람들이 있었다. 자신이 사람이길 바라는 사람들, 그 사람만은 아니길 바라는 사람들, 그럼에도 사람이 되길 바라는, 사람 이전의 사람들이었다. 뭘 바라는지 모르는 사람들도 있었다. 사람으로서 어떤 태도가 바람직한 것인지, 사람이 되는 것이 바랄 만한 가치가 있는 것인지 알고 싶지 않은 사람들이었다. 사람을 대체 뭐로 보고 이러는 거야? 사람이 사람을 보고 소리쳤다.

사람들은 사람답게 사람을 궁리하기 시작했다.

얼어붙는 사람

김은 저돌적인 사람이었다 마음만 먹으면 뭐든 이루어냈다 그의 예언은 적중했고 예상은 번번이 맞아떨어졌다 그가 산 주식은 폭등했고 물려받은 토지는 금싸라기 땅이 되었다 앞뒤를 생각하지 않고 덤볐지만 운 좋게도 앞과 뒤가 그를 떠받쳐주었다 사람들이 환호를 지르면 앞으로 나갔고 위기가 찾아오면 뒤의 몸을 빌렸다 무리해서 진행한 일도 뜻밖의 수확이 되어 돌아왔다 승부사나 개척자 같은 말이 그를 따라다녔다 앞에 붙기도 하고 요령껏 뒤에 붙기도 했다 그는 떠오른 아이디어를 전속력으로 밀어붙였다 다음 날이면 아이디어가 궁궐이 되고 모델 하우스가 되고 홈페이지가 되었다 눈뜨면 집이 나 있었다 집집이 돌아다니면서 다음 집을 구상하는 게 김의 일이었다

김은 세상에서 가장 높은 집을 짓겠다고 마음먹었다 김을 숭앙하는 사람들의 박수갈채가 쏟아졌다 승부사는 기질이 꺾일 겨를이 없었다 개척자는 처음을 포기할 새가 없었다 김은 예정대로 공사를 지시했다 땅을 파고 기초를 다지고 철근 콘크리트로 뼈대를 세웠다 언론에서도 연일 김의 행보를 주시했다 신문기자 앞에서 이런 말을 한 적도 있었다 머릿속으로는 감히 상상할 수 없는 집이 만들어질 겁니다 자기 머릿속으로 저런 말을 생각해낸 사실에 조금 우쭐하기도 했다 어느 날, 김의 앞에 벽이 등장했다 김은 벽을 만났다고 생각했다 누구라도 김을 만나면 고개를 숙였으니 말이다 벽은 김 앞에서 몸을 굽히지 않았다 쑥쑥 자라났다 머릿속으로는 감히 상상할 수 없던 일이 벌어지고

있었다

쉽게 넘겠다고 생각했는데 벽은 점점 높아졌다 조금만 노력하면 넘을 수 있을 거라고 생각했는데 벽은 거침없이 위로 뻗었다 안간힘을 발휘하면 결국에는 넘을 거라고 생각했는데 벽의 위용은 꺾일 기미가 보이지 않았다 승부사의 승부수도 개척자의 개척 정신도 벽 앞에서는 속수무책이었다 김은 악을 쓰며 밀어붙이다가 어느 순간, 얼어붙고 말았다 벽을 만날 수 없다는 사실을 깨달은 것이다 벽을 만나지 못하면 집은 완성될 수 없었다 앞뒤는 김의 편이었지만 위아래는 그의 편이 아니었다 언론은 금세 싸늘해졌다 김을 취재하러 온 마지막 기자가 물었다 무리해서 진행하다가 이렇게 된 겁니까? 뜻밖의 질문에 김은 당황하고 말았다 뒤통수처럼 무방비였다

세상에서 가장 높은 집을 지으려다 그는 가지고 있던 모든 집을 잃었다 하루가 멀다 하고 찾아오던 기자들의 자리에 빚쟁이들이 눌어붙었다 돈을 빌려준 사람도, 빚을 진 사람도 빚쟁이였다 빚쟁이들이 멱살을 잡고 덥석 팔을 잡고 날렵하게 바짓가랑이를 잡았다 앞으로 떠밀렸다가 뒤로 나동그라지기 일쑤였다 집 밖에서는 앞뒤가 들어맞지 않거나 위아래 구분 없는 일들이 벌어지고 있었다 김은 가지고 있던 집들을 다 잃었으므로 집 안에서 어떤 일이 벌어지고 있는지 알지 못했다 어느 날은 자기가 지었던 집 앞에 있다가 저리 냉큼 가라고 쏘아붙이는 할머니를 만났다 정신이 바짝 들었다 앞뒤를 돌아보아도 위아래를 훑어

보아도 자신을 환영해주는 사람은 아무도 없었다

김은 사람들의 환호를 생각하며 겨우 잠이 들었고 세상에서 가장 높은 집을 짓겠다고 호언장담하며 잠에서 깼다 승부수를 던질 기회도, 개척을 꿈꿀 여유도 없었다 김은 이제 하루에도 몇 번씩 얼어붙었다 편의점에서 유통 기한이 지난 삼각 김밥을 구걸할 때도 지하철 역사 내에서 쪽잠을 자려고 자리를 찾아볼 때도 김은 얼어붙은 상태였다 생면부지의 사람들이 퇴근길에 그를 치고 지나갈 때 김은 자신을 감싸고 있는 얼음이 와장창 부서지는 것 같았다 길을 묻기 위해 할아버지가 옆구리를 쿡 찔렀을 때에는 그대로 녹아내리는 줄 알았다 "이봐요"라는 말에도, 찡긋하는 표정에도, 집이라는 글자에도 그는 얼어붙었다

김은 얼어붙은 채로 골목에 퍼더버리고 앉았다 심장이 뛰고 있었다 김의 뒤를 받쳐주는 것은 벽이었다 딱딱한데 아늑했다 드디어 벽을 만났는데 김은 어떤 말도 할 수 없었다 김의 그림자가 벽 아래로 천천히 흘러내리기 시작했다

기다리는 사람

골목에는 기다리는 사람이 있다. 골목에도 있고 큰길에도 있고 마트에도 있고 시장에도 있다. 학교 정문에도 있다. 아들이 엄마를 삼십 분째 기다린다. 남자가 남자를 삼십 일째 기다린다. 할머니가 할아버지를 삼십 년째 기다린다. 몸이 몸을 기다린다. 마음이 마음을 기다린다. 언제나 기다린다. 어디서나 기다린다. 도처에 기다림이 있다.

이번 달 생활비를 기다리는 사람이 있다. 기회를 기다리는 사람이 있다. 희망을 기다리는 사람, 성공을 기다리는 사람, 경쟁자가 실패하기를 기다리는 사람도 있다. 어제의 영광을 다시 기다리는 사람, 내일의 행복을 처음 기다리는 사람도 있다. 기다림을 반복하는 사람과 기다림을 번복하는 사람이 있다. 골목을 서성이다 휴대 전화를 여는 손이 있다. 간절한 순간이 있다.

기다리는 사람 앞을 뛰어가는 사람이 있다. 기다리는 사람이 있는지 모르고 전속력으로 뛰어간다. 기다린 지 얼마나 오래되었는지 모르고 이기적으로 뛰어간다. 기다림은 충돌하는 법이 없다. 하나의 열정이 하나의 기다림을 스쳐 지나간다. 헐떡이는 사람 뒤로 한숨을 내쉬는 사람이 있다. 뛰고 있는 두 개의 심장이 있다. 기다리는 사람이 있다. 기다림이 그림자처럼 길어지고 있다.

기다리는 사람은 그 사람이 언제 올지 섣불리 예측하지 않는다. 온다고 말한 적이 없기 때문이다. 기다리겠다고 겨우 말했을 때 그 사람은 이미 뒷모습이었다. 기다림이 맺힌 순간이었다. 가만히 있어도 뒷모습은 멀어져 갔다. 힘겹게 다가가도 뒷모습은 작아지고 있었다. 기다림이 끝날 때까지 기다림은 해소되는 법이 없다. 앞모습으로 뒤를 좇는 사람이 있고 뒷모습으로 앞을 향하는 사람이 있다. 기다리는 사람은 뒤를 돌아보지 않는다.

삼십 분이 삼십 일이 되고
삼십 일이 삼십 년이 되고

만날 때는 안녕하고 싶어서 안녕
헤어질 때는 안녕하지 못해서 안녕

기다리는 사람이 골목에 있었다.
기다릴 때까지 있었다.

드는 사람

1교시에는 발표하기 위해 손을 들었다
방과 후에는 고백하기 위해 꽃을 들었다

공부하기 위해 샤프를 들었고
가르치기 위해 분필을 들었다

요리하기 위해 식칼을 들던 손으로
외출할 때 가방을 들었다

과시하기 위해 돌을 들었던 장사도 있었다
어느새
승리하기 위해 역기를 들어야 하는 역도 선수가 되어 있었다

나타내야 하는 마음이
달성해야 하는 마음이 되었다

마음먹고 응시하기 위해 고개를 들었던 내가
마음잡고 떠나가기 위해 차표를 들었던 너를 만났다

들었다 놓았다 하는
마주침이 있었다

번쩍 들린 몸이 있었다

그 몸을 움직여
전화기를 드는 사람이 있었다
드는 사람 저편에는 듣는 사람이 있었다

사랑하기 위해 손등을 들었던 사람이
사랑받기 위해 앞발을 들었던 강아지가
친구가 되었다

서로에게 순순히 깃들었다

늘 뭔가를 들고 있던 이들이
한데 모여서
작고 가엾은 것을
하늘하늘 흔들리는 것을
입김이나 콧바람으로
금세 꺼질 수도, 마침내 타오를 수도 있는
어떤 것을

백기를 들지 않기 위해
순순히 두 손 두 발 들지 않기 위해

든다

무언가를 바꾸려고
무언가를 지속하려고

살아 있다는 증거를 들 듯

꽃을 들었던 손을
샤프나 분필을 들었던 손을
식칼을 들다가 가방을 들었던 손을

굴성屈性이 간절한 손들을

빠진 사람

그는 그 날 세 번의 경고를 들었다 정확히 말하면 한 번의 경고와 두 번의 꾸지람이었다 꾸지람은 모두 경고를 향해 있었다 저지른 일은 가까운 미래에 저지를 일이 된다

빠지지 마!

엄마는 내 등만 보면 소리를 질렀다 하라는 게 많고 하지 말라는 건 더 많았다 저 말을 들을 때마다 기운이 빠졌다 공에 들어 있던 바람이 빠지듯, 김이 빠졌다 내친김이, 마음을 먹은 김이

어제는 보충 수업을 빼먹었다 결단코 반항은 아니었다 나는 질풍노도疾風怒濤가 아닌 순풍낙도順風樂濤의 시기를 관통하고 있다 보충 수업에 빠진 이유는 다른 데 빠졌기 때문이다 보충하고 싶은 게 다른 데 있었기 때문이다

빠져가지고!

담임은 나를 볼 때마다 저 말을 했다 딴생각을 할 때마다 귀신같이 저 말이 튀어나왔다 수업에 집중하고 있을 때조차 감시하듯 저 말을 내뱉었다 빠지면서 가질 수 있다는 건 근사한 일이다 울면서 웃는 것처럼, 웃으면서 화내는 것처럼

할 말 있어? 담임이 물었다 너에게는 표현이 있잖니? 어리둥절했다 표현이 있다는 건 대체 무슨 말인가 그것은 입이 있다는 말처럼 들렸다가 입으로 할 수 있는 말이 있다는 말처럼 들렸다 그 말을 자신만의 방식대로 전달해야 한다는 경고처럼 들리기

도 했다 나는 상념에 빠졌다

썩어빠졌어!

청소 시간에 빗자루를 들고 멍하니 서 있다가 교무 주임에게 걸렸다 궁지에 빠지거나 수렁에 빠진 기분은 아니었다 청소 시간 내내 허리를 굽히고 무릎을 꿇고 있을 수는 없잖은가 잘못했습니다 한마디면 될 줄 알았다

아니었다 썩어빠졌다는 말 앞에는 꼭 머리가 붙었다 정신머리, 싹수머리, 씨알머리…… 머리가 썩어서 빠지는 상상을 하니 견딜 수가 없었다 썩으면서 빠질 수 있다는 건 불쾌한 일이다 뛰면서 달리는 것처럼, 달리면서 벽을 마주하는 것처럼

그는 그날 보충 수업을 빠졌다 학교만 아니면, 집만 아니면 숨통이 좀 트일 것 같았다 빠지는 부분을 보충할 수 있을 것 같았다 저지른 일은 가까운 미래에 저질렀던 일이 된다

그는 시립 도서관에 들어갔다 총류는 000, 철학은 100, 종교는 200…… 사회 과학과 자연 과학과 기술 과학을 거치니 600이었다 그는 중얼거렸다 과학은 참 넓다, 과학은 참 깊다, 과학은 참 많다…… 담임과 교무 주임은 둘 다 과학을 가르쳤다

600은 예술이었다 학교에서 배우는 예체능이 거기에 다 있었

다 그는 넋이 빠진 채 그 앞에 서 있었다 보충하기 위해서는 빠져야 한다 빠져들어야 한다

무심코 베르트 모리조의 화집을 펼쳤다 <요람>이라는 그림이 펼쳐졌다 펼침과 펼쳐짐 사이로 그는 빠져들었다 아기가 있었고 아기를 바라보는 엄마가 있었다 더없이 평온해 보였으므로, 잠에 빠져든 아이에게 빠져들지는 않았다 아이의 사연은 총류에서 시작해 철학과 종교를 거쳐 넓고 깊고 많아질 것이다 과학을 닮아갈 것이다

그는 그 아이를 바라보는 여인에게 빠져들었다 그 여인이 짓고 있는 알쏭달쏭한 표정을 해독하고 싶었다 무료함인지 무심함인지, 평화인지 권태인지, 막연함인지 막막함인지, 사랑인지 불안인지…… 요람은 잠자기 위해 만들어진 공간이지만, 거기에서 불쑥 감정이 태어나기도 한다 현대 문명처럼, 십진분류법처럼

요람에서, 책에서, 600에서, 시립 도서관에서 빠져나왔지만 그는 여전히 한복판에 있었다

파리에 가야 할 한 가지 이유가 생겼다

나는 사랑에 빠졌다

읽는 사람

근데 취미가 뭐예요? 그는 살면서 이 질문을 가장 많이 받았다 취미가 뭐냐는 질문 앞에는 으레 근데라는 말이 붙었다 화제를 전환하기 위한 말이었으므로 그는 늘 무방비 상태에서 저 질문을 맞이해야만 했다 글쎄요 근데를 받을 수 있는 단어에는 글쎄만 한 게 없었다 시간을 벌기 위해서 하는 말이었지만 간혹 그 말에 신비로움을 느끼는 사람들도 있었다 취미가 많은 모양이죠? 취미를 가질 시간이 없나 봐요? 대부분의 사람은 빈정거렸다 친구들은 그가 희멀건 얼굴을 가졌기 때문이라고 했다 뭇국 같다고 했다 소고기가 들어가지 않은 뭇국 같다고 말한 친구도 있었다 근데 진짜 네 취미가 뭐야? 친구들이 입을 모아 물었다 그의 취미가 정말로 궁금하다고 했다

글쎄……

그날 밤 그는 집에 와서 온라인으로 익명의 사람들에게 물었다 취미로 뭘 하면 좋을까요? 굴비처럼 댓글들이 달리기 시작했다 생전 처음 받아보는 관심이었다 독서가 무난하지요 읽는 사람은 있는 사람처럼 보이잖아요 음악 감상도 나쁘지 않아요 장르는 재즈나 록을 추천해요 근사하잖아요 참, 여행도 좋아요 진취적이면서도 자유롭고 웬만한 사람들이 좋아하니 함께 어울릴 수도 있잖아요 그는 백여 개의 댓글을 읽고 곧바로 읽는 사람이 되기로 결심했다 있는 사람이 되고 싶다기보다는 무난한 사람

이 되고 싶었다 아침에는 분명 취미가 없는 사람이었는데 밤에는 취미를 가진 어엿한 사람이 되어 있었다 근데와 글쎄는 앞으로 만날 일이 없을 것이다

이상하게도 취미가 생긴 이후로 사람들은 그에게 취미를 묻지 않았다 그에게 취미가 생긴 줄 이미 아는 모양이었다 친구들조차 그에게 장난삼아 취미를 캐묻지 않았다 아무래도 그의 희멀건 얼굴에 색과 생기가 도는 모양이었다 소고기가 들어간 뭇국 같은 모양이었다 확실히 읽는 사람은 있는 사람처럼 보이는 것 같았다 다른 건 없어도 취미만은 확실히 있는 사람 말이다 그는 언제 어디서든 읽는 사람이었다 벤치에서든 식당에서든 지하철에서든 지하철 역사 내 화장실에서든 그는 읽었다 벤치에서든 식당 의자에서든 지하철 좌석에서든 화장실 변기에서든 읽는 자세에서는 매번 열정이 느껴졌다 취미를 물을 이유가 없었다 명백한 것 앞에서 사람들은 굳이 얼룩을 찾으려 하지 않는다

어느 날부턴가 그는 틈만 나면 사람들에게 물었다 다급한 얼굴이었다 제 취미가 뭔 줄 아세요? 글쎄, 읽는 겁니다 책이나 잡지나 신문부터 벽보나 전단이나 우유갑 뒷면에 적힌 영양 성분 같은 것까지 닥치는 대로 읽어요 글자나 숫자, 기호가 적힌 것이라면 무엇이든 읽는 겁니다 대단하다고요? 고맙습니다 자문자답이었다 근데 어떤 걸 읽을 때 가장 행복한 줄 아세요? 당황

한 사람들은 황급히 자리를 떴다 뭇국을 한 숟갈 떠먹었다가 소고기가 없어 낭패를 본 얼굴이었다 그는 또다시 혼잣말을 하기 시작했다 근데 그거 아세요? 이슬점은 글쎄, 기온과 상관없대요 순전히 현재 수증기 양에 의해서만 결정된대요 현재, 지금, 당장, 시방, 라이트 나우! 여행 잡지에서 그런 구절을 발견했다니까요! 신문도 아니고 기상청에서 발행하는 잡지도 아니고 여행 잡지에서요! 놀랍지 않아요? 사람들은 한데 엉겨 뭉치듯 그의 주위에서 사라졌다 이슬점을 몸으로 보여주고 있었다 온몸에 이슬이 맺히는 것은 그밖에 없었다

노안이 오고 황달이 들어도 그는 읽는 것을 그만두지 않았다 그의 취미는 이제 삶이 되었다 무난한 사람이 되고자 읽기 시작했는데 이제 그는 이상한 사람 취급을 당하고 있었다 상황에 뛰어들기 위해 읽고 상황을 모면하기 위해 읽고 상황에 대비하기 위해 읽었을 뿐이었다 그는 돈이나 권위가 있는 사람이 아니라 그저 취미가 있는 사람이 되고 싶었다 읽는 사람이 된 이후로, 그는 뭐라도 읽지 않으면 불안해서 견딜 수 없었다 어느 날, 공원에서 자주 마주치던 한 사람이 그에게 다가와 물었다 근데 읽지 않을 땐 대체 무얼 하세요? 그는 둔중한 것으로 뒤통수를 얻어맞은 것처럼 한동안 가만히 있었다 근데와 글쎄 다음에 대체가 찾아올 줄은 꿈에도 생각지 못했다 그는 기어들어 가는 목소리로 겨우 대답했다

글쎄요……

수만 페이지에 달하는 분량을 읽었지만 그는 정작 제 마음만은 읽지 못했다

좋은 사람

길바닥에 떨어진 500원짜리 동전을 주웠다
그 돈으로 도붓장사에게 성냥을 샀다

성냥을 켤 때 조심해요

부리나케 자리를 떴다
자리는 어떤 자국 같은 것이었다

공원에는 비둘기에게 모이를 던져주는 할아버지가 있었다
할아버지의 표정은 진지했다

집에 이런 거 천지야

모이로 덮인 집을 떠올리니 오싹했다
부리 달린 날짐승이 된 것 같았다

부랴부랴 자리를 떴다
자리는 어떤 자취 같은 것이었다

지하철역 앞에서 연인이 서로를 끌어안고 있었다

사랑해

나는 더 사랑해

사람이라 사람을 따뜻하게 안아주었다

방해되지 않게 황급히 자리를 피했다
자리는 어떤 위치 같은 것이었다

길거리에서 웃는 사람들을 만났다

바자회에 쓸 물건을 기부하세요
불우 이웃을 도울 거예요

도붓장사에게 산 성냥을 건넸다

사람을 뭐로 보고 이런 걸 줘요?

불우 이웃을 도울 사람이 화를 냈다
불우함은 불운함을 포함하는 것이다

사람이라 사람을 차갑게 외면했다

성냥을 켤 때 조심해야지

성냥을 도로 주머니에 넣고 자리를 피했다
자리는 어느새 지위가 되어 있었다

집에 돌아왔다

성냥이 긋고 간 생채기처럼
온몸에 울긋불긋 반점이 돋아나 있었다

길바닥에서 주운 500원짜리 동전이
방바닥 위에 놓여 있었다

주머니를 뒤져봐도 성냥은 없었다

방바닥에 몸을 뉘였다
집에 내가 천지였다

그때,
자리는 어떤 터전 같은 것이었다

마음을 놓고 눈을 감았다

사람은 사람이기를 그만두지 않는다

옛날 사람

아침에 이슬이 맺혀 있었다 오늘은 날씨가 맑겠구나 그걸 어떻게 알아요, 할아버지? 옛날 사람이라 알아

학교에 가니 아이들이 제기를 차고 있었다 나도 끼워줘 무리에 섞여 들려는 찰나, 심드렁한 목소리가 들렸다 요새 누가 제기를 차니? 제기차기는 옛날 사람들이나 하는 거야 한 아이가 주머니에서 당당하게 휴대 전화를 꺼냈다 아이들의 눈이 일제히 화면으로 쏠렸다 공중에 있던 제기가 힘없이 바닥에 떨어졌다 화면에서는 한 선수가 열심히 달리며 공을 차고 있었다 회심의 슛을 날렸지만 골대를 맞고 튕겨져 나오고 말았다 아이가 눈살을 찌푸렸다 이게 너야? 응, 내가 만든 캐릭터야

교실로 선생님이 들어오는 소리에 아이들이 뿔뿔이 흩어졌다 책상과 의자가 우당탕 쓰러졌다 너희들 뭐 하고 있었어? 한 아이가 서랍에 숨겨둔 휴대 전화를 조심스럽게 꺼냈다 예의 당당함은 사라지고 없었다 아빠가 생일날에 사줬어요 심드렁한 목소리는 매가리 없는 목소리로 바뀌었다 선생님의 눈빛이 번쩍 빛났다 너는 어린아이가 옛날 사람처럼 이런 걸 쓰는구나 제기를 차던 아이들도 공을 차던 선수도 가만히 있었다 졸지에 옛날 사람이 된 아이와 더 옛날 사람이 된 아이들이 있었다

선생님은 주머니에서 스마트폰을 꺼냈다 황금 시간대 텔레비전 광고에서 보던 바로 그 제품이었다 잘 들어봐, 내가 말을 해볼게 지금 몇 시니? 오후 두 시 십삼 분입니다 스피커에서 또랑또랑한 음성이 흘러나왔다 아이들은 일제히 탄성을 질렀다

이번엔 축구 게임을 보여줄게 선생님이 화면을 터치하자 순식간에 잔디밭이 펼쳐졌다 탄성의 데시벨이 높아졌다 아까 봤던 거랑 뭐가 다른지 알겠니? 화면이 더 좋아요! 뛰는 모습이 더 박력 있어요! 소리가 더 실감 나요! 아이들이 앞다투어 대답했다 저건 2D고 이건 3D야 저건 옛날이고 이건 현재란 말이지 더 옛날 사람들이 옛날 사람을 향해 웃기 시작했다

소란 때문에 궁금해진 옆 반 선생님이 우리 반을 찾았다 장 선생님 어인 일로 여기까지 오셨어요? 장 선생이 선생님의 스마트폰을 들여다보곤 낄낄 웃었다 김 선생은 아직도 그 게임을 해요? 이럴 때 보면 꼭 옛날 사람이라니까 장 선생의 말에 김 선생의 얼굴이 새하얘졌다 그새 새로운 게 나왔나요? 그새라니요, 한 달이 넘었는데! 업데이트를 좀 하세요, 업데이트! 장 선생의 훈계에 제기를 차던 아이들이 키득키득 웃었다 순식간에 옛날 사람이 된 김 선생의 얼굴이 붉어졌다 벌써 수업 시작한 지 이십이 분이 지났네요 얘들아 얼른 자리에 앉아라 김 선생이 주머니 속으로 스마트폰을 황급히 밀어 넣었다

학교에서 돌아왔더니 아빠가 옛날 신문을 들여다보고 있었다 오렌지족 대신 낑깡족이 득세한다는 기사가 실려 있었다 오렌지족은 순식간에 옛날 족이 되어버렸다 엄지족도, 캥거루족도, 그루밍족도, 니트족도 그런 식으로 옛날 족이 되었다 신세대도, X세대도, Y세대도, Z세대도, 88만원 세대도, N포 세대도 비슷한 속도로 옛날 세대가 되었다 옛날이 되는 데는 그리 오랜 시

간이 걸리지 않았다 눈뜰 때는 새로웠던 것이 눈을 감을 때는 낡은 것이 되어 있었다 하루아침에 유명해지고 밤사이 잊히는 경우가 부지기수였다 세간을 떠들썩하게 만들던 스타들도 옛날 스타가 되었다 누구나 현재를 살고 있는데도 누구는 곧잘 옛날 사람이 되었다

밤하늘에 달무리가 지고 있었다 내일은 비가 오겠구나 그걸 어떻게 알아요, 할머니? 옛날 사람이라 알아

오늘을 살고 내일을 꿈꾸는 옛날 사람이 있었다

도시인

#횡단보도

차가 없는 사람도
빳빳이 고개 들어도 된다
번쩍 손 들어도 된다

가로지르며
몇 개의 금을 밟는다

위반하면서 안도한다

출근도 하기 전,
오늘도 결승선을 넘었다

#회전문

소용돌이처럼
사람들을 빨아들인다

언제 소속될 것인지
눈치 보는 자세가 필요하다
혼자 길을 낼 것인지

그림자처럼 자연스럽게 뒤따라갈 것인지

바람처럼 들어갔다가
주사위처럼 굴러떨어진다

오늘은 5

#에스컬레이터

발을 올려놓기가 무섭다

여기서 저기로 움직이려면
움직이는 것에 몸을 실어야 한다

움직이기 위해 움직여야 한다

춤추는 피아노 건반 앞에서
어떤 음을 누를지 고민하지만

어떤 음으로 시작해도
음악은 늘 똑같이 끝난다

#지하철

훗날을 기약하는 마음으로 갈아탄다

막히지 않기를
이따금 숨 고를 수 있기를

땅 아래로 들어가
강 위를 달리기도 한다

#옥탑방

무수한 해시태그를 남긴 날이었다

옥상 문을 열면
빨랫줄이 흔들린다
빨래집게는 하루를 평가하는 점수를 매긴다

오늘도 A

발자국은 남몰래
이불 속에서 오그라든다

손을 놓치다

분침이 따라잡지 못한 시침
마음과 따로 노는 몸
체형을 기억하는 데 실패한 티셔츠

매듭이 버린 신발 끈
단어가 놓친 시
추신이 잊은 안부

그림자가 두고 온 사람
아무도 더듬지 않는 자취

한 명의 우리

마음먹은 사람

그는 여느 때처럼 출근을 하고 일을 했다 일이라고 부르기에 민망한 작업도 있었고 단순히 일이라고 표현하기에 과중한 업무도 있었다 눈치껏 빈둥거리기도 했지만 전반적으로 그는 성실한 직원이었다 한 시간으로 정해진 점심시간을 지키는 사람은 그밖에 없었다 야근을 할 때 한숨을 내쉬지 않는 사람은 그밖에 없었다 그 밖에도 야근을 한 다음 날 출근 시간을 칼같이 지키는 사람은 그밖에 없었다 내일 봐요 동료들의 무심한 인사를 그는 이렇게 되받았다 안녕히 계세요

퇴근을 하던 중 그는 버스에서 내렸다 여느 때 같으면 종점까지 갔을 것이다 귀에 익숙한 정류장이었다 귀에만 익숙한 정류장이었다 무심코 지나치는 곳이나 작정하고 넘어가는 곳이었다 귀가 간지러워서 귀가 번쩍 뜨여서 그는 귀를 의심하며 내렸다 한강을 가로지르는 다리 위였다 그는 한 번도 자신이 강 위에 있어본 적이 없었다는 사실을 깨달았다 강은 무심히 지나치거나 습관적으로 넘어가는 곳이었다 여느 때처럼 추웠고 여느 때처럼 어두웠다 여느 때처럼 성실했다 성실하게 자기 자신이었다

다리 위로 올라가자 생각을 품고 마음을 먹고 결심을 한 적이 있었다 안녕하세요 인사를 하고 안녕히 계세요 인사를 하던 시절이었다 인사와 인사 사이에 무수히 많은 안녕을 속으로 빌곤 했다 다리 위로 올라가자고 스스로에게 말하던 사람이 마침내 다리 위에 있었다 여느 때처럼 출근했지만 여느 때와는 달리 퇴근하지 않고 있었다 나이를 먹고 욕을 먹고 더위를 먹듯이 추

위도 먹을 수 있었다 귀가 땡땡 얼었지만 칼바람 소리는 더욱 쌩쌩했다 눈물이 핑 돌았지만 자동차 헤드라이트는 그 어느 때보다도 환했다 그는 한동안 다리 위에 있었다 더없이 안녕한 채였다

난데없는 클랙슨 소리에 그는 다리 난간을 붙잡았다 손아귀에 힘이 잔뜩 들어갔다 마음먹은 대로 벗어날 수 없는 손아귀가 있었다 손아귀로 다시 들어가기 위해 손아귀에 온몸을 싣는 사람이 있었다 손아귀를 비집는 필사적인 발버둥이 있었다 일이라고 차마 부를 수 없는 작업처럼 그는 민망해져버렸다 일과에서 너무 멀리 와버렸다는 생각이 들었다 아니, 그는 아직 도중에 있었다 아까 내렸던 버스 정류장으로 갔다 야근을 할 때도 내쉬지 않던 한숨이 나왔다 그제야 좀 살 것 같았다 막차를 타고 그는 안도했다 여느 때와는 달리 피곤했지만 여느 때처럼 무사히 집에 돌아왔다

여느 때처럼 그는 성실하게 8시간 숙면을 취했다

산책하는 사람

걸어갔다 길이 나 있었다 걸어갔다 모르는 길이었다 천천히 걸었다 휴식을 위해서 걷기 시작한 건 아니었다

보폭이 일정하지 않았다 걸어갔다 발자국은 핑계다 그 방향으로 걸어갈 수밖에 없었던 절실한 이유 같은 거 사방에 둘러대는 어정쩡한 변명 같은 거

잠시 가던 길을 멈추고 주위를 둘러보았다 사색을 위해서 걷기 시작한 건 아니었다 모르는 풍경이었다 발자국이 깊이 패였다

걸어갔다 밑도 끝도 없어서 걸어갔다 밑도 끝도 몰라서 걸어갔다 밑이 안 보여서 끝 간 데 없어서 걸어갔다 걸어갔다 지치지 않았다

나도 모르게 걸음이 빨라졌다 건강을 위해서 걷기 시작한 건 아니었다 등 뒤의 풍경이 한 점으로 소실되고 있었다 내가 앞으로 걸어갔다 풍경이 뒤로 뛰어갔다

걸어갔다 길이 나 있었다 걸어갔다 아는 길이었다 아는 길이되 익숙하지 않은 길이었다 참견하듯 발을 집어넣었다 못다 한 말처럼 걸어갔다

다음 날에도 걸어갔다 길이 없었다 발붙일 곳이 없었다 걸어갔다 첫발을 떼고 두 번째 발을 디디고 세 번째 발을 구르고 네 번째 발을 뻗었다 발을 벗고 발들을 벗고 나섰다 발이 닳고 있었다 걸어갔다

갑자기 비가 쏟아지기 시작했다 발이 떨어지지 않았다 생각이 필요했다 우선 우산을 쓰자 걸어갔다 빗길 위를 걸어갔다 사족들이 발뒤꿈치에서 첨벙거렸다

비틀비틀한 사람

모르는 것을 말했다
모르는 것을 부러 아는 것처럼 말했다
그는 뒤틀렸다

심사가
배알이

바닥을 들키지 않으려다 구덩이에 빠지고 말았다

아는 것을 말했다
아는 것을 짐짓 모르는 것처럼 말했다
그는 뒤틀었다

흉정을
계획을

구덩이에 빗물이 들이치기 시작했다

모르는 것인지 알 수 없는
아는 것일지도 모를

아무것이

바닥 쪽으로

비틀비틀 씻겨 내려갔다

일류학

인류학과인 줄 알고 들어갔는데 알고 보니 일류학과였다 알기만 해서는 안 된다 일류가 되려면 알고 봐야 한다 일류학과 교수는 인류보다 일류가 되는 게 먼저라고 했다 단상 위에 올라서서 첫날부터 올라서는 법을 가르쳤다 올라서기 위해서는 밟아야 한다 남을, 뒤를, 남의 뒤를

그는 올려다보는 법이 아닌 내려다보는 법만 가르쳤다 키 작은 아이들에게는 억지로 키높이 구두를 신겼다 새겨보는 법이 아닌, 거들떠보지 않는 법만 가르쳤다 눈이 아직 초롱초롱한 아이들에게는 색안경을 씌웠다 눈이 높지 않으면 눈이 뒤집히는 건 한순간이라고 했다 눈이 벌겋지 않으면 눈 깜짝할 사이에 눈밖에 난다고 했다 수업 도중, 눈이 낮은 아이들이 한눈에 눈 밖에 나고 말았다 눈에 차지 않아서 눈이 시어 못 봐주겠다고 했다 눈에 불을 켜지 않으면, 눈이 핑핑 돌아가지 않으면 눈에 흙이 들어간다고도 했다 그 흙도 비옥토가 아니라 푸슬푸슬한 척박토라고 했다

살펴보는 눈, 톺아보는 눈, 새겨보는 눈, 헤아려 보는 눈이 아닌 가려보는 눈, 따져보는 눈, 달아보는 눈, 부릅뜨는 눈이 필요하다고 했다 눈은 마음의 거울이 아니라 모음의 저울이라고 했다 더 많이 모으기 위해, 더 높이 올라서기 위해 인류 저울이, 아니 일류 저울이 되어야 한다고 했다 그러려면 보는 눈이 정확해져야 한다고 했다 태풍의 눈이 되어야 한다고 했다 일류학과 교수답게 눈 하나 깜짝하지 않고 말했다

수업이 끝나자 눈이 충혈되어 있었다 옆 사람의 눈을 의식하는 아이도 있었다 알고 보니 우리는 사이좋게 눈엣가시가 되어 있었다 인류의 윤곽이 눈앞에 자꾸 아른거렸다 두 눈에서 일류溢流하는 물을 막느라 모두 눈을 감고 걸었다 맹목盲目으로 남의 뒤를 따라가고 있었다

큰사람

공을 굴리는 자세로
마음을 공글리는 사람

그런 사람

공을 들이다
공을 세우고 마는 사람

혁혁해지는 사람

공을 차는 척하다
공을 치는 사람

공이 넘어가는 꼴을 끝내 보지 못하는 사람

실수할 때마다
자신은 그런 사람이 아니라는 것을
변명하는 사람
세상에 그런 사람은 없다는 것을
증명하는 사람

그런 사람

무대 위에서는
조명을 다 빨아들여
얼굴빛을 바로잡는 사람

기어이 값을 매기는 사람

화장실 거울 앞에서는
입에 문 칫솔처럼
더없이 작아지는 사람
치약 거품처럼
별수 없이 삐져나오는 사람

기꺼이 값을 치르는 사람

애인

뭘 하지?
뭘 먹지?

서로에게 묻는 일
함께 답을 구하는 일

뭘 해도 상관없었다
뭘 먹어도 상관없었다

답은 없었다
둘이 있었다

가장 중요한 질문을,
매일매일 습관적으로 던지고 있었다

푹 자자
풍부해지는 감정처럼
풍성해지는 어휘처럼

매일매일
같은 꿈을 열심히 꾸었다

그때 뭘 했는지 기억해?
그때 뭘 먹었는지 기억해?

기억하는 죄와
기억하지 못하는 죄

헤어질 때는
어쩔 수 없이 죄인이었다

매일매일이 그때그때로 수렴하고 있었다

더 이상 같은 꿈을 꾸지 않았다

뭘 사랑하지?
누굴 사랑하지?

답이 없었다
혼자 있었다

응시하는 사람

벌판이 있다 드넓다 그 위를 말이 달린다 자유롭다 나무 한 그루가 서 있다 푸르다 생동감 있다 바로 옆에 나무 한 그루가 누워 있다 노랗다 멋들어지다 서서, 누워서, 나무 두 그루가 다정하다

실은

말은 쫓기고 있었다 말은 신변에 위협을 느꼈다 벌판이 드넓어서 달리는 데 문제는 없었다 숨을 데도 없다는 게 문제라면 문제였다 다행이자 불행이었다 말을 잡으려는 대상이 있었다 그게 누군지 말만 안다는 게 가장 큰 문제였다 자유롭지 않아서 맹렬히 달렸다 자유를 위해 사력을 다해 달리는 중이었다

아무도 괜찮으냐고 묻지 않았다

나무는 살려고 애쓰는 중이었다 뿌리가 서로 얽히고설켜 어떻게 풀어야 할지 난감했다 누워 있는 나무가 서 있는 나무를 잡아끌었다 서 있는 나무는 더 자라려고 정수리에 온 기운을 모으고 있었다 생동감을 잃지 않기 위해, 다정함을 유지하기 위해 버티고 있었다 어떻게든 눕히려는 나무와 어떻게든 눕지 않으려는 나무가 있었다 두 그루가 사투를 벌이는 중이었다

무엇이 변했느냐고 묻는 사람도 없었다

벌판 구석에 가서 쪼그려 앉았다
말은 여전히 달리고 있을 것이다
나무 두 그루는 푸르고 노랗게 다정할 것이다

장면을 완성하는 이는
그것을 보는 사람이다

겨울철, 소변을 볼 때마다 내 몸에서 따뜻한 것이 모조리 빠져나가는 느낌이 들었다

갔다 온 사람

여름은 낮에, 겨울은 밤에 찾아온다고 너는 말했다 날이 바뀌고 계절이 바뀌고 반팔은 긴팔이 되었다 팔 대신 밤이 길어졌다 여름낮에 단잠을 자고 겨울밤에 꿀잠을 자는 게 우리의 소원이었다 *통일이라는 말, 좀 무섭지 않아? 하나로 합친다는 거잖아 하나와 가까워지게 한다는 거잖아* 그렇게 말하니 오싹했다 *세상에 같은 사람은 하나도 없잖아 살펴보면 여름날과 겨울날이 다 다른 것처럼* 덥고 습하고 푹푹 찌고 춥고 건조하고 등골이 오싹하고…… 우리는 한동안 날씨와 기분, 날씨에 따라 달라지는 기분과 관련한 표현을 찾는 데 몰두했다 그때가 봄이었는지 가을이었는지 기억나지 않는다 *여름은 아니었어 겨울도 아니었고* 맞는 말이다 우리는 도무지 잠을 이루지 못했으니까 한숨을 주고받다 느닷없이 환절기처럼 헤어졌으니까 아침에 눈떠보니 다른 계절이 와 있었으니까 *어땠어?* 너는 아무 대답도 하지 않았다 여름낮처럼 시큼한 냄새가 났다 *너는 어때?* 나는 아무 대답도 할 수 없었다 겨울밤처럼 침묵만 깊어갔다 단잠과 꿀잠은 온데간데없었다 *여름이 다 갔네* 긴팔을 걷으며 네가 말했다 *긴팔을 아무리 걷어도 반팔이 되지는 않아* 여름에 근접한 네가 말했다 여름은 낮에, 겨울은 밤에 찾아온다고 너는 말했었다 그 뒤로 여름낮과 겨울밤이 유독 길어졌다고도 했다 아침에는 어디론가 갔다가 저녁에는 여기로 온다고 했다 낮은 거기에서 사라지고, 밤은 여기에서 나타난다고 했다 *삶은 한 번에 시작되거나 끝나지 않는 것 같아 한번 해볼까 마음먹을 수 있는 것도 아니지*

우리가 지금 여름과 겨울의 사이에 있는 것처럼, 여름낮이 긴 것처럼, 겨울밤은 더 긴 것처럼, 들리지 않는 물음처럼, 나도 모르게 튀어 나간 대답처럼, 나갔다가 돌아온 사람처럼, 반팔을 입고 갔다가 긴팔을 입고 온 사람처럼 여름은 낮에, 겨울은 밤에 찾아온다고 말한 사람이 있었다 단잠과 꿀잠은 간절하게 바랄 때에야 겨우 찾아온다 날씨가 좋아도 기분은 좋지 않을 수 있다 건조한 날씨에 축축한 기분으로 걷기도 한다 긴팔을 걷어도 반팔이 될 수는 없지만 반팔에 가까워질 수는 있다 낮이 짧아지면 밤이 길어지듯 여름이 가면 겨울이 올 것이다 그사이에 환절기가 있어서 웅크리고 잠을 잤다 저녁이 되면 다음 계절을 끌고 네가 올 것이다

선을 긋는 사람

배고파
아직 2분 남았어
뭐가?
정오가 되려면

11시 58분이었다. 내 시계는 5분 이상 빨랐다. 천성이 느린 사람인데 늘 쫓기듯 살아야 했다. "아직 오픈 안 했는데요." 같은 완곡한 거절과 "벌써 문 닫으면 어떡해요?" 같은 성난 힐난을 감수해야 했다. 배꼽시계는 정확했지만 시계만큼 정밀하지는 않았다. 2분이라고 말하면 짧지만 120초라고 말하면 더없이 길게 느껴졌다. 시계들이 제각각 째깍째깍 움직였다.

정오가 되자 짝꿍이 분필로 책상 위에 선을 그었다. 가방에서 줄자를 꺼내 책상의 너비를 재고 정확히 한가운데를 찾았다. 날렵하면서도 섬세한 몸동작이었다.

이 선을 왜 그었어?
여기 넘어오지 마
우리는 짝꿍이잖아
키가 비슷할 뿐이지

그 애는 시침 같은 아이였다. 쉽게 움직이는 법이 없었다. 움직일 때조차 움직인다기보다는 움츠리는 쪽에 더 가까웠다. 짝꿍은 하루에도 몇 번씩 선을 그었다. "기침이나 재채기를 할 때는 손으로 입을 가려." 같은 주의와 "앞으로 그런 말은 나한테 하지 마." 같은 명령을 자유자재로 구사했다. 6교시가 끝나면 나는 아랫사람이 되어 있었다.

내 욕망은 초침 같았다. 그 애에게 말을 걸고 싶고 함께 밥도 먹고 싶었다. 운동장에서 신나게 뛰놀고 싶었다. 모르는 수학 문제가 생기면 서슴없이 물어보고 싶었다.

배불러
이미 2분 지났어
뭐가?
자정을 건너온 지

시계는 계속 돌아가고 있었다. 정오와 자정이 한 번씩 지나가면 하루가 다시 시작되었다. 내일이 오늘이 되고 어제는 그제가 되었다. 어김없었다. 나는 어제와 오늘 경계에 서 있다. 5분 이상 빠른 시계를 차고 있다. 아직 오픈도 안 했는데 벌써 문 닫을 준비를 하고 있었다.

뒤를 돌아보니 선이 그어져 있었다. 넘고 나서야 그것이 보이기 시작했다.

주황 소년

체리 껍질이 있었어
바나나 껍질이 있었어

빨강과 노랑이 있었어

체리와 바나나가 열리는 마을에
소년이 살았어

소년은 파랑을 좋아했어
틈만 나면 하늘을 올려다보았어
틈을 내서 바다를 헤엄치는 상상을 했어

호기심이 많았어
겁은 더 많았어

어느 날 길을 걷다가
소년은 미끄러졌어
체리 껍질과 바나나 껍질이
겹쳐지는 광경을 보았어

그것이 있었어
빨강과 노랑의 중간에 있었어

소년은 그것과 사랑에 빠졌어

그날 이후로
체리와 바나나가 열리는 마을에
이상한 일들이 벌어지기 시작했어

노을이 생겼어
오렌지가 열렸어
능소화가 피어났어
땅을 팠더니
당근이 수도 없이 튀어나왔어

파랑은 저쪽에 있었어
가장 멀리 있었어
소년의 몸집이 커지기 시작했어

오렌지의 신맛 같은
단순히 신맛이라고만 표현할 수 없는
달콤하기도 하고 상큼하기도 한

순간들이 십육분음표처럼 흘러갔어

소년은 곳곳에 있는
노을과 오렌지, 능소화와 당근을
사정없이 모으기 시작했어

소년이 청년이 되고
청년이 다시 장년이 되고
장년이 마침내 중년이 될 때까지도
소년은 늘 스스로를 주황 소년이라고 생각했어

소년이 주황 소년에서 성장하려고 할 때마다
노을은 밤새 볼을 붉혔어
길을 가다 난데없이 오렌지가 후두두 떨어졌어
능소화는 겨울에도 피어났어
꿈속에서도
체리 껍질과 바나나 껍질을 밟고 미끄러졌어

어느 날 문득
소년은 파랑을 좋아하던 시절을 떠올렸어

너무 멀리 와버렸지만
십육분음표는 이미 삼십이분음표 두 개로 나뉘었지만

지금이라도 바다에 가볼까?

바다에 몸을 담그면
주황 소년은
하양이나 검정이 돼서
하얗게 질리거나
까맣게 타들어갈 것 같았어

그런 상상을 할 때마다
주황 소년의 얼굴은 홍당무가 되었어

심장에서 와삭바삭하는 소리가 났어

유예하는 사람

새벽에 그는 부음을 받았다. 고등학교 동창이 죽었다고 했다. 이름만 들어서는 누군지 가물가물했다. 휴대 전화를 열어도 서너 명은 발견할 수 있을 만큼 흔한 이름이었다. 장례식장 앞에서 동창 하나를 만났다. 왜 죽었다니? 동창은 그에게 다짜고짜 물었다. 그는 어깨를 으쓱하고 안으로 들어갔다. 익숙한 얼굴들이 보여 안도했다. 장례식장에서 안도하는 자신이 이상했지만, 장례식장만큼 안도가 필요한 곳이 또 어디 있겠는가. 영정 사진을 보니 친구가 누군지 단박에 알 것 같았다. 휴대 전화에 번호가 저장되어 있는 사람은 아니었다. 그는 고개를 떨구며 혼잣말을 했다. 친했었는데……. 친했었다고 말한 뒤 그는 조금 놀랐다. 친한 게 옛날이어서 친했었다고 말한 건지 친구가 죽어서 친했었다고 말할 수밖에 없는지 헷갈렸다. 어쨌든 친구는 지금 여기에 없다. 그는 휴대 전화로 온 부음 문자를 오랫동안 바라보았다. 고등학교 때 그와 친구는 둘 다 축구부였다. 감독은 그와 친구가 미드필더에 적격이라고 했다. 미드필더의 뜻이 뭔 줄 알아? 경기장 중앙에 있는 사람 아니야? 중앙에서 왔다 갔다 하는 사람. 응, 그 말은 우리가 골문 앞까지 갈 확률이 낮다는 말도 되지. 너는 골을 넣고 싶은 거야? 아니, 그냥 가끔 웃음이 나서. 일정한 구역에서 갈팡질팡하다 끝장 한 번 못 보고 끝나지 않을까 싶어서. 축구가? 아니, 인생이. 그때 주고받은 대화가 왜 떠올랐는지 모른다. 조문을 하고 객실에 들어갔더니 동창들이 상에 사이좋게 둘러앉아 있었다. 축구부에서 골키퍼를 하던 친구도 있었고 스트라이커였던 친구도 있었다. 스트라이커였던 친구는 우리 중 유일하게 체육 특기자로 대학에 갔었다. 골키퍼는 한 명이잖아. 스트라이커도 한 명이고. 근데 우리는 여러 명이잖아. 축구를 하고 수돗가에서 얼굴을 씻으며 친구가 했던 말이 문득 떠올랐다. 여러 명이라서 싫어? 내가 되묻자 친구가 하얀 이를 드러내면서 웃었다. 아니, 그냥 그렇단 말이지. 삼십 년 뒤에 우린 뭐 하고 있을까? 체육복을 벗고 교복을 입으면서 친구가 물었다. 나는 사업하고 싶다. 돈을 많이 벌고 싶어. 내가 대답을 주저하자 친구가 먼저 입을 열었다. 사업하면 돈을 많이 벌 수 있어? 아니, 그럴 확률이 높다는 거지. 그 반대의 확률도 높고. 그 말을 한 뒤, 친구는 삼십 년을 채우지 못했다. 올해가 고등학교 졸업한 지 정확히 이십구 년째 되는 해였다. 뒤늦게 온 동창 하나가 이야기를 시작했다. 친구는 대학 졸업도 하지 않고 먼 친척과 함께 사업에 뛰어들었는데, 단 하루도 잘된 적이 없었다고 했다. 동창은 '먼 친척'이라는 말과 '단 하루도'라는 말을 두 번이나 힘주어 말했다. 그 뒤의 이야기는 그의 귀에 하나도 들어오지 않았다. 단 하루도 잘된 적이 없는 삶을 생각하니 아득했다. 얼른 수돗가에 가서 콸콸 쏟아지는 물에 세수나 하고 싶었다. 그는 동창들을 뒤로하고 자리에서 일어났다. 골키퍼를 하던 친구가 그를 붙잡았다. 오랜만인데 벌써 가려고? 무슨 일 있어? 아니, 그냥 일이 좀 있어. 대답을 하면서 그는 놀랐다. 자기도 모르게 친구의 말투를 따라 하고 있었던 것이다. 집에 오는 택시

안에서 그는 친구의 인생에 대해 가늠해보았다. 먼 친척과 사업을 했다는 사실, 그 사업이 단 하루도 잘된 적이 없었다는 사실 말고는 아는 게 없었다. 그의 기억 속에서 친구는 운동장이나 교실에 있었다. 이따금 수돗가에서 하얀 이를 드러내며 웃기도 했다. 그는 눈을 감았다. 스스로가 인생의 중앙에 와 있는 것 같았다. 공격도 하고 수비도 하고 공격을 막기도 하고 수비를 제치기도 하다 보니 여기까지 왔다. 친구는 오지 못했다. 삼십 년, 아니 삼십여 년이 흘렀고 그는 어쩌다 보니 사업을 하고 있었다. 사업하면 돈을 많이 벌 확률도 높지만 그 반대의 확률 역시 높다. 친구가 교복으로 갈아입을 때 일러준 말이었다. 그는 난생처음 인생을 뒤돌아보았다. 어찌어찌 여기까지 왔지만 내일은 또 어떻게 될지 모른다. 확률은 이쪽도 높고 저쪽도 높다. 중앙에서 갈팡질팡하다 정신을 차려보면 어디 있는지 종잡을 수 없을지도 모른다. 끝장을 보기는커녕 끝장에 이를지도 모른다. 미드필더가 여러 명인 이유를 얼핏 알 것도 같았다. 그는 종이를 꺼내 유서를 쓰기 시작했다. 삼십 년이 다가오고 있었다. 먼 친척 같은 삼십 년이. 돈을 빌려 달라고, 빚을 갚으라고 멱살을 쥔 채 달려오는 것 같았다. 왜 죽었다니? 나중에 동창들이 빈소 앞에서 저 질문만은 던지지 않기를 바랐다. 스트라이커는 한 명이고 골키퍼는 한 명이다. 미드필더는 여러 명이지만 나는 한 명이다. 그리고 휴대 전화에는 삼천이백칠십육 개의 전화번호가 있다. 친구의 번호는 없다. 그는 갑자기 미친 듯이 배가 고팠다. 찬장을 뒤져보니 컵라면이 있었다. 물이 끓는 소리를 들으니 마음이 편안해졌다. 그와 친한 소리였다. 그의 유서는 삼십 년 뒤에 전면적으로 수정될 예정이다.

58년 개띠

앞만 보며 달려왔어요
뒤를 볼 겨를이 없었어요
누가 쫓아오고 있는 것처럼
그림자를 볼 여유가 없었어요

뒷바라지하느라 이렇게 늙었어요
앞에 뭐가 있는지 알 수 없었어요
누가 달아나고 있는 것처럼
몰아세우니 밀어붙이는 수밖에 없었어요

위를 떠받들며 살아왔어요
아래를 보살피며 살아왔어요
위아래가 있는 삶이었어요
옆에 누가 있는지
어떤 풍경이 흘러가고 있는지
이 거대한 풍경에서 나는 어떤 표정을 담당하고 있는지

하나도 궁금하지 않았어요

실은 무서웠어요
일그러져서 다시 펴지지 않을까 봐
희미해져서 다시 생생해지지 못할까 봐

무서워서 눈을 감아버렸어요
온몸이 거대한 속표정으로 변했어요

눈 뜨면 여기였어요
여지없이 여기였어요

오늘은 오늘의 밥이 절실했어요
내일은 내일의 옷이 요긴했어요

십 년 뒤 오늘에는 집을 가질 수 있을까요

앞을 보면
개떼처럼 몰려가는 사람들이 있었어요
뒤에 있어서
어디로 가는 길인지 모를 때가 많았어요

늘 위아래가 있었는데
꾹 다문 입술에서는
아무 말도 새어 나오지 않았어요

더 이상 갈 데가 없어서 멈췄어요

풍경이 보이기 시작했어요
속마음을 들키기라도 한 듯
그림자가 꿈틀거렸어요

뒤를 돌아다보니 거울이 있었어요
내가 있었어요
잊고 있었던 얼굴에는 물굽이가 가득했어요

어디로 흘러도 이상할 게 없는 표정이

계산하는 사람

두드려라, 그러면 열릴 것이다
사장의 말이었다

시급에 시간을 곱하고
일한 날이 얼마나 되는지 따지고
이달 월세와 생활비를 셈하니
딱 맞아떨어졌다

막 유통 기한이 지난 삼각 김밥을 베어 물었다
아직 안전하다

연휴 동안에는 평소 시급의 1.5배를 준다고 해
평소에 못 보던 사람들이 오겠지
손님이 평소처럼 많지는 않을 테고
사장이 심어놓은 심복은 평소보다 말이 많았다

귀가 번쩍 뜨이는 말
귀에 익은 말
귀를 의심하게 만드는 말

어차피 귀에 거는 이상, 귀걸이였다

다음 학기를 생각했다
남들 다 가는 유학도 가고 싶었다
유학을 간 친구들은 다 남이 되어 있었다
남이 되고 싶었다

머릿속이 복잡했다
넘어야 할 일, 치러야 할 일이 많았다
무엇보다 빨라야 했다

은행원의 손놀림
지폐 계수기의 성능
그 앞에서 돌아가는 눈알의 속도

분명해지기 위해
밤은 천천히 흘러가고
편의점은 24시간 동안 돌아간다

두드리지 마라, 그러면 별일 없을 것이다
고향에 있는 엄마의 말이었다

아직은 안전하다
아직은

아직까지는

무인 공장

무인 공장에서 기술을 배웠다. 사람이 없어도 사람을 견디는 기술을. 사람이 없어도 사람인 채 버티는 기술을. 일은 기술과 상관없었다. 아침을 먹고 스위치를 켜는 것. 저녁을 먹고 스위치가 켜져 있는지 확인하는 것. 아침을 먹고 저녁을 먹는 것이 차라리 더 고된 일이었다. 무인 공장에서 일어나 무인 공장으로 출근했다. 사람이 없는 곳에서 사람이 없어도 되는 곳으로. 아침을 먹고 스위치를 켰다. 보지 않은 사이에 스위치가 꺼질까 걱정되어 점심은 걸렀다. 사람을 맞이할 필요도, 사람을 배웅할 필요도 없었다. 출근 시간이 왔다가 노동 시간이 왔다가 밥시간이 왔다가 다시 노동 시간이 왔다. 정확한 간격으로 밥시간과 퇴근 시간이 왔다. 기술적이었다. 퇴근이라고 쾌재를 부르면 메아리가 되어 공장에 울려 퍼졌다. 예술적이었다. 무인 공장에 출근했다가 무인 공장으로 퇴근했다. 무인 공장에서 잠들 시간이 다가오고 있었다. 제시간이 갱신될수록 시간 개념은 점점 희미해졌다. 시간은 가지 않고 늘 오기만 했다. 이상했다. 그렇게 오래 근무해도 기술은 늘지 않았다. 수상했다. 무인 공장에 내가 있었다. 무인 공장인데 내가 있었다. 무인 공장인데 내가 있는 것이 유일하게 습득한 기술이었다. 어느 날에는 스위치를 켜는 심정으로 불쑥 내 이름을 발음해보았다. 무인 공장과는 달리, 나는 이름이 있었다. 무인 공장과는 달리, 나는 사람이었다. 저녁을 먹고 스위치를 껐다. 공장 내에 경보음이 요란하게 울렸다. 그제야 일이 기술과 상관있다는 걸 알았다. 해고를 당할 때에야 무인 공장에도 사람이 있다는 걸 알았다. 해고를 당했는데 정작 공장에서 빠져나갈 기술이 없었다. 무인 공장에서는 유입만 있고 유출은 없었다. 제시간은 항상 찾아오기만 했었다. 곤욕은 곤혹 전에 찾아와 곤경에 처한 것은 뒤늦게 깨달을 수밖에 없었다. 사람이 없어도 되는 곳에 사람이 있었다. 사람이 없어야 하는 곳에 사람이 있었다. 한 번 꺼진 스위치는 다시 켜지지 않았다. 사람 구실을 하는 게 곤란해졌다. 비로소 무인 공장이 무인 공장다워졌다. 뭔가를 원해서, 뭔가를 원하지 않아서 입은 늘 벌린 채였다. 아침을 먹어도, 점심을 걸러도, 저녁을 먹어도 입은 늘 벌어진 채였다. 무인 공장에서 기술을 배웠다. 사람 없이도 사람을 견디는 기술을. 사람 없이도 사람인 채 버티는 기술을.

서른

뜬구름을 잡다가
어느 날 소낙비를 맞았다

생각 없이 걷다가 길을 잃기도 했다
생각이 없을 때에도 길은 늘 있었다

그래도 지구는 돈다
그런데 머리는 왜 안 돌아갈까?

너무 슬픈데 눈물이 한 방울도 나지 않았다
다음 날, 몸 전체가 통째로 쏟아졌다

어른은 다 자란 사람이란 뜻이다
한참 더 자라야 할 것이다

나이를 먹어도 먹어도
소화가 안 되는 병에 걸렸다

시끄러운 얼굴

고함을 칠 용기도 없고
욕을 퍼부을 패기도 없어

나는 미로로 간다

지상은 손짓이 있는 곳
지하는 발버둥이 있는 곳

할 말이 있어서
손짓을 잊지 못해서
손에 쥔 전화기만
들었다가 놨다가

같은 편을 찾아서
비슷한 사연을 찾아서
땀내를 풍기며
울다가 웃다가

우리는 사이좋게
얼굴이 점점 시끄러워진다

하지 못했다는 것은

아직 남아 있다는 것
유예 되었다는 것
'있다가'가 '이따가'가 된다는 것
같은 시간이 다음 역까지 계속된다는 것

웃길 때 웃지 못하고
화날 때 화내지 못해서
우리의 얼굴은 어색하다
낯빛으로 드러나는 열없는 몸부림

지상은 산 사람들을 위한 곳
지하는 살려는 사람들을 위한 곳

신경질적으로 눈을 깜빡일 때마다
미간이 좁아진다는 사실을

코를 움찔거릴 때마다
인중에 돋아난 솜털들이
어쩔 줄 몰라 몸을 눕힌다는 사실을

입술을 비죽일 때마다
입속에서는 윗니와 아랫니가

치열하게 부딪치고 있다는 사실을

네 얼굴을 통해서
내 얼굴이 보고 있다
내 얼굴을

얼굴들 사이에서
나도 모르는 어떤 얼굴이 튀어나온다

순식간에 미로가 된 얼굴
환승을 해야 한다

전동차가 멈추고
이번 역에서 탈 얼굴들이 보인다
내리지 않은 얼굴들이 남은 사연을 전달할 것이다
아직 도착하지 않은 표정을
평생 떠나지 않을 생활을

스크린 도어가 열린다
시끄러운 얼굴들이 안팎으로 쏟아진다
아무것도 막아주지 못한다

물레는 원래 문래

문래동에서 배우 동생이 놀러 왔다 10년 만에 만나는 자리였다 대학 시절 단편 영화를 찍을 때 주연을 맡았던 친구였다 연기를 그만둔 지는 5년이 넘었다고 했다 할리우드로 건너가서 접시를 닦으며 영어 공부를 했다고 했다 돌아와서 다시 연기를 하려고 했는데 연기보다 영어가 더 좋아져버렸다고 했다 지금은 종로에서 직장인들에게 영어를 가르친다고 했다 회화만 좋았는데 별수 없이 문법을 공부하게 됐다고 했다 좋아하는 것만 할 순 없더라고요 동생에게 어디 사는지 물어보니 문래동에 산다고 했다 홍대에 살다가 합정동으로 이사했다가 결국 망원동으로 옮겼다고 했다 수세에 몰린 셈이죠 죽어도 마포구는 떠나기 싫더라고요 형, 젠트리피케이션이라고 들어봤죠? 그걸 피부로 느꼈다니까요, 글쎄! 동생은 메소드 연기를 하는 것 같았다 팔뚝을 걷으면 피부에 닭살이 돋아 있을 것 같았다 세 번의 이사가 2년도 채 안 되어 이루어졌는데, 월세가 너무 올라 문래동을 찾았다고 했다 근데요, 거기도 올해부터 젠트리피케이션 대상이 되었어요 낌새가 심상치 않아요 내가 배우여서 그런지, 아니 한때 배우여서 그런지 가는 데마다 사람이 몰리네요 동생은 소리 내어 웃었지만 표정은 우는 것 같았다 순식간에 연기의 고수가 된 것 같았다 근데 영화 찍던 때 기억나요, 감독님? 형에서 감독님이 된 나는 어리둥절했다 기억나지, 우리 엄청 고생했잖아 저는 그때 캐릭터에 몰입이 안 되더라고요 왜 주인공이 자살하려고 하는지 이해가 안 됐어요 앞날이 창창한 젊은이가 그까짓 시험 하나 떨어졌다고 왜 옥상에 올라가요 두드리면 문은 결국 열리게 마련인데요 저는 할리우드에서 접시 닦으면서 영어 공부를 했어요 근데 너는 문래동이 왜 문래동인지 아니? 문래요? 혹시 글[文]이 오는[來] 곳이라 그런 건가요? 문익점이 목화씨를 가지고 와서[來] 문래동이래 물레의 원래 이름도 문래라고 해 물레를 만든 사람 이름이 문래文來였대 형은 참 쓸데없는 걸 많이 알아요 감독님일 때부터 그랬어요 하긴 회화만 잘하면 안 되니까요, 문법도 알아야 하니까요 동생은 이제 자문자답 연기를 하기 시작했다 문래동 골목길이 예쁘긴 참 예쁘지 나는 연기 도중에 불쑥 끼어들었다 일종의 애드리브였다 맞아요, 외국인들이 찾아와서 뉴욕 초창기의 소호 거리 같다고 했대요 근데 소호가 왜 소호인 줄 아니? 형, 저는 모를래요 모르고 싶어요! 우리는 서로를 바라보며 껄껄 웃었다 NG가 났지만 카메라는 계속 돌아가고 있었다 동생은 이제 문래동으로 돌아가야겠다고 했다 내일 수업에서 가르칠 문법 공부를 해야겠다고 했다 좋아하는 것만 할 순 없었던 동생의 안색이 금세 어두워졌다 큰맘 먹고 할리우드에 갔지만 그는 지금 문래동에서 산다 다음번에는 문래동에서 만나자 지금의 문래동이 영영 사라지기 전에 만나자 동생과 나는 10년 만에 악수를 했다 근데요 형, 그때 그 영화의 주제가 뭐였죠? 잘 생각나지가 않아요 내가 단편 영화를 찍던 시절처럼, 동생이 배우를 하던 시절처럼, 문익점이 목화씨를 가져온 시절처럼, 문래文來라는 사람이 물레를 만들던 시절처럼 까마득했다 글쎄, 삶은 질기다는 거? 문래동을 더 잘 봐둬야겠어요 나중에 잘 생각나지 않으면 안 되니까 질기도록, 아니 질리도록! 동생은 문래동 주민이자 한때 연기자 일을 했던 학원 강사 캐릭터에 몰입한 채로 돌아갔다 가만히 귀를 기울이니 이렇게 중얼거리고 있었다 물레는 원래 문래, 물레는 원래 문래, 물레는 원래 문래……

세 번 말하는 사람

O는 꼭 세 번씩 말했다 그의 입에서 같은 말이 속사포처럼 작게 세 번 흘러나올 때 사람들은 크게 한 번 놀랐다 같은 말을 연속해서 듣는 것은 고역이었다 두 번도 아니고 세 번이라니!

혀가 짧아서, 속사포의 성능이 좋지 않아서, 단어의 시작과 끝이 토마토나 아시아처럼 같은 음절이어서 어떤 말은 세 번 말해야 상대가 겨우 알아들었다 불발이 된 단어는 늘 부끄러워했다

김치볶음밥에 어떤 재료를 추가하고 싶으신가요?

피망, 피망, 피망

말할 때 너무 열을 올려서 그런지 세 번째 피망은 피멍처럼 들리기도 했다 놀란 종업원이 조건 반사처럼 고개를 세 번 끄덕였다 덕분에 피망볶음밥에 가까운 김치볶음밥이 나왔다

한 번만 말하면 의심스러웠다 뜻이 제대로 전달되었는지, 상대가 말을 제대로 듣긴 했는지 간파할 수 없었다 파열음이나 마찰음이 섞여 있기라도 하면, 한 번 만에 의사를 전달하는 건 불가능했다

두 번을 말하면 상대가 의심했다 거짓말을 하는 사람은 꼭 두 번을 말한다고 했다 사기꾼들은 보통 확신을 심어주기 위해 두 번 말하지 투자하세요, 투자하세요 수익이 납니다, 수익이 납니다

과감하게 투자하실 건가요?

수염, 수염, 수염

수익이 나는 걸 기다리느니 수염이 나는 게 빠르겠다고 답하려다 실패했다 웃음이 났는데 참다 보니 눈물이 났다 속사포의 방아쇠는 총알의 일부만 견인할 때가 많았다

세 번씩 말하면 사람들이 집중했다 세 번 말하는 데는 다 그만한 이유가 있다고 여겼다 간절한가 봐, 강조하고 싶은가 봐, 각인시키기 위해서인가 봐 봐봐, 두 번도 아니고 세 번이잖아!

세 번째 말할 때 입천장이 뻥 뚫리는 기분이 들었다 식욕이 돋았다 무조건 반사처럼 천장에서 단비 같은 침이 쏟아졌다 O는 그것을 다시 식도 뒤로 꿀꺽 삼켰다

저녁에는 무엇을 드시고 싶습니까?

차장면, 자장면, 짜장면

속사포에서 파찰음이 튀어나오기 시작했다

한발

이 사람아, 지금 오면 어떡해!
이 사람아, 벌써 가면 어떡해!

시침과 분침과 초침이
정확히 두 번 만나는 동안

늦거나 일렀다

아무리 간발에 다가가도
감정을 에누리할 수는 없었다

사람

이 사람아 이게 대체 얼마 만이야!

우리는 길에서 만났다
처음으로 교복을 벗고 만났다

서로의 이름을 잊은 채

어딘가 낯이 익고
익숙한 냄새가 나고
사람임은 분명해서

너는 쫙 편 손바닥을 내밀었다
손바닥에는 이름 대신
손금이 구불구불했다

어떤 길을 따라가도 순탄할 것 같았다

눈이 있는 사람
사람 보는 눈이 있던 사람

재물선이 선명해서
나는 네가 큰사람이 될 줄 알았지

너는 손으로 입을 가리며 웃었다
손금이 목구멍 안으로 빨려 들어가는 것 같았다

사람을 좋아하던 사람
사람 좋은 사람

잘못을 해도 쉽게 인정해서
나는 네가 새사람이 될 줄 알았지

손금 하나를 무작정 따라가다
갈림길에 섰다

등을 댈 것이냐 돌릴 것이냐

내가 뱉었던
네가 들었던
모진 말이
등줄기로 흘렀다

어딘가 귀에 익고
친근한 말맛이 나고

억양마저 확실해서

나는 짝 편 손바닥으로 얼굴을 덮었다
양 볼이 뜨거워서
손금이 녹아내리는 것 같았다

손바닥을 맞추곤 하던 사람이
가차 없이 손바닥을 뒤집어버리듯

등을 돌리고 비틀거리며 걷기 시작했다

이 사람아 벌써 가면 어떡해!

사람이 사람을 불렀다

방금 전까지는
사람이었던 사람을
이 사람을

부록

않는다

10년 전, 휘발되지 않는다

♬ BGM: OFFONOFF, <Bath>

밤이다. 밤인데도 깨어 있다. 낮보다도 생생하다. 네가 있는 곳은 아침일 것이다. 나는 이불을 덮는다. 너는 이불을 개고 있을지도 모른다. 눈을 감는다. 꿈속에서 너와 바닷가에 갔으면 좋겠다. 매미가 울어도 단풍이 들어도 구름이 흩어져도 우리는 행복할 것이다. 눈을 떴다 다시 감는다. 눈을 감아도 선명하다. 눈을 감으니 점점 선명해진다. 그때 너를 더 따뜻하게 안아줬어야 했다. 너와 보낸 시간을 더 아꼈어야 했다. 너를 더 많이 봐뒀어야 했다. 우리로서 할 수 있는 일들을 더 많이 했어야 했다. 또다시 밤이다. 밤이어서 깨어 있다. 지금은 네가 깨어 있을 시간이므로.

잠들 수 없어 욕조에 물을 받는다. 내 마음처럼, 물은 콸콸 쏟아진다. 욕조에는 새어 나갈 구멍이 없다. 마음이, 마음들이 욕조에 고이고 있다. 네게 좋아한다고 수줍게 고백하던 마음, 너와 바닷가에 가고 싶다고 말하던 마음, 처음으로 네 손을 잡을 때 설레던 마음, 너와 입을 맞출 때 두 개의 심장이 동시에 두근

거리던 마음, 네 뒷모습을 처연하게 바라볼 때 싸하게 쓰리던 마음, 사랑인 걸 비로소 깨닫고 눈물이 흐르던 마음. 이때껏 내 마음은 단 한 번도 멈추지 않았다. 마음들이 녹은 물이 욕조에 차오르고 있다. 내 마음처럼, 물의 온도는 뜨거울 것이다.

두 발을 넣고 미끄러지듯 욕조 안으로 들어간다. 순순히 물에 휩쓸린다. 네 모습이 나타났다가 사라진다. 우리가 함께했던 시간이 꺼졌다가 켜진다. 거기 있니? 나는 욕조에서 벌떡 일어난다. 물이 뚝뚝 떨어진다. 고여 있던 마음들이 일렁이기 시작한다. 이상하지, 기억은 희미해져도 그리움은 짙어지기만 한다. 내가 가닿을 수 없을 때 몸은 달아오른다. 내가 붙잡을 수 없을 때 감정은 끓는다. 끓어넘친다. 욕조에 다시 눕는다. 욕조 밖으로 물이 흘러넘친다. 내 마음도 덩달아 넘쳐흐른다.

그리움은 휘발되지 않는다. 점점 사무치기만 한다.

오늘, 꺼지지 않는다

♬ *BGM: James Vincent McMorrow, <Cavalier>*

나는 그것을 그리움이라고 말했고 너는 그것을 미련이라고 말했다. 우리는 어쨌든 한 시기를 관통해서 지금에 다다랐다. 같은 곳에서 출발했지만 지금 나는 여기에, 너는 거기에 있다. 많이 변했구나. 나는 말했고 너는 웃었다. 오래되었잖아. 나는 그 말이 나이를 많이 먹었다는 말인지 헤어진 지 오래되었다는 말인지 이해할 수 없었다. 둘 다. 너는 덧붙여 말하고 하얀 이를 드러내며 씩 웃었다. 내 마음을 읽는 것은 여전히 잘하는구나. 그럼, 오래되었잖아. 그 말은 분명 우리가 오랫동안 만났다는 사실을 가리키는 것이었다. 둘 다 한동안 아무 말도 하지 않았다. 우리는 서로의 첫사랑이었다.

그리움은 보고 싶어 애타는 마음을 가리키고 미련은 깨끗이 잊지 못하고 끌리는 데가 남아 있는 마음을 뜻한다. 나는 보고 싶었다고 말했고 너는 아직 남아 있어서 그런 것이라고 말했다. 보고 싶어서 마음이 아직 남아 있는 게 아닐까? 나도 모르게 튀어 나간 말에 우리 둘 다 놀랐다. 침묵이 흘렀다. 각자의 머릿속으로 과거를 그려보는 시간이 이어졌다. 애가 끓다가 타다가 마르고 있었다. 우리는 분명 그리움과 미련 사이에 있었다. 그래서 너, 지금은 잘 지내는 거지? 너의 말에 나는 가만있었다. 어쩌면 아주 소극적으로 고개를 끄덕였는지도 모르겠다. 네가 웃으면서 자리에서 일어났다. 나는 잘 지내는 사람이 되었다.

첫사랑을 기억한다고 말할 때, 우리는 어쩔 수 없이 과거를 거슬러 오르지 않으면 안 된다. 과거를 거슬러 오를 때, 좋은 기억만을 선별해서 끄집어낼 수 있는 경우는 거의 없다. 순수했던 순간을 마주하다가도 그것이 녹슬고 구겨지는 슬픈 장면을 찬찬히 지켜봐야 한다. 그래야 지금 내가 머무는 곳으로 다시 돌아올 수 있다. 부정확한 기억들, 표현하기 힘든 그 시절의 감정들, 그사이 너무 많이 변한 것들과 하나도 변하지 않은 것들. 하지만 아무리 무신경하기로 마음먹어도, 몇몇 빛나던 순간들만은 내내 선명할 것이다. 그래서 나는 나도 모르게 잘 지낸다고 대답했는지도 모른다.

빛은 늘 있다. 그리움처럼, 미련처럼. 빛은 꺼지기를, 사라지기를 거부한다.

10년 후, 묻지 않는다

♬ BGM: Lana Del Rey, <Young and Beautiful>

아침에 일어나서 동네를 한 바퀴 휘 돌았다. 이 동네는 지루

하리만치 조용하다. 언제 밖에 나와도 인적이 드물다. 아침에 조깅하는 사람도, 저녁에 산책하는 사람도 별로 없다. 마트에서 장을 보고 돌아오는 분에게 인사를 하면 가벼운 묵례로 답한다. 따지고 보면 이곳으로 이사를 온 이유도 이것 때문이다. 조용해서. 나는 본디 시끄러운 사람이었다. 자리가 있으면 분위기 메이커를 자처했고 사람들도 내가 웃고 떠드는 것을 좋아한다고 생각했다. 그런 생활이 지속되다보니 내 이미지는 활기 넘치고 사교적인 사람으로 굳어졌다. 말이 좋지, 광대나 다름없었다. 잠시라도 입을 다물고 있으면 사람들이 이상한 눈초리로 쳐다보았다. "무슨 일 있어?" 사람들이 물을 때면 나는 비밀이라도 들킨 사람처럼 화들짝 놀랐다. 급히 무슨 일이라도 만들어야 할 것 같았다.

너와 헤어지고 나는 자주 무표정이 되었다. 사람들은 내가 굉장한 일을 겪었다고 생각했다. 누구도 쉽게 내게 말 걸지 않았다. 나는 그저 실연을 했을 뿐이다. 그리고 이별을 고한 사람이든, 이별을 통보받은 사람이든 힘든 것은 매한가지일 것이다. 사람들이 흔히 '실연하다'라고 말하지 않고 '실연당하다'라고 말하는 것도 이 때문이라는 생각이 든다. 모든 이별은 흔적을 남기고, 그 흔적은 당사자로 하여금 상실감에 직면하게 만든다. 그리고 상실은 근본적으로 '당하는' 것이다. 과거가 없으면 지울 것이 없기 때문이다. 추억이 없으면 잃을 것이 없기 때문이다. 그 사람이 없었다면 지금의 나는 어떤 식으로든 달라졌을 것이다. 그것이 지금보다 나았을 것이라는 보장은 없다.

화단에 물을 주고 방 안으로 들어와 책을 폈다. 목구멍으로 침을 삼키는 소리 외에는 어떤 소리도 내지 않았다. 책장을 넘기는 소리 외에는 어떤 소리도 들리지 않았다. 이사할 때 초침이 바삐 움직이는 아날로그시계 대신 디지털시계를 들인 것도 비슷한 이유다. 나는 조용한 상태가 필요하다고 느꼈다. 활기 넘치고 사교적인 사람이었던 내가 침묵에 적응하는 데는 그리 오랜 시간이 걸리지 않았다. 나는 애초에 조용한 것을 좋아하는 사람이었다. 혼자 있을 때에도 심심한 적이 별로 없었다는 생각이 퍼뜩 떠올랐다. 나는 책을 읽었다. 메모했다. 과거를 가슴에 묻는 일은 하지 않는다. 누군가에게 기습적으로 다가가서 "무슨 일 있어?"라고 묻는 무례한 짓은 하지 않는다.

'앓는다'의 삶이 끝나고 '않는다'의 삶을 살고 있는 중이다. 나는 후회하지 않는다.

물방울 효과

물방울 한 점에 대해 생각한다. 바다 위에 떨어진 한 점의 물방울에 대해. 그 물방울은 너무도 견고해서 결코 바닷물과 섞이지 않는다. 바다의 일부분이 되길 거부한다. 물방울은 사실 그 어디에도 속할 생각이 없다. 끝끝내 자기 자신으로 남길 원할 뿐이다. 물방울 한 점은 파도를 넘고 햇볕에도 아랑곳하지 않은 채, 바다 위를 훌훌 떠다닌다. 그저 떠다닐 뿐이다. 스스로를 일으키는 기표처럼.

☾

지금 여기에는 색과 음과 말이 있다. 네가 벽에 대고 세게 망치를 내리친다고 하자. 색은 번지고 음은 퍼지고 말은 결국 내뱉어질 것이다. 네 눈에는 숨은 그림들이 스르르 고개 드는 모습이 보인다. 너는 곧 절대 음감을 지니게 되고 자음과 모음을 뒤섞는 법을 저절로 터득하게 된다. 지금 여기에는 색과 음과 말이 있고, 너는 이 모든 것을 네 손아귀에 넣을 수 있게 된다. 잠시 후, 기표는 순순히 너의 것이 된다.

☾

지금 여기는 미어터지기 직전이다. 결정적인 순간마다 시공간은 몸을 같이 움직인다. 색이 선명해진다. 음이 단단해진다. 말이 씨가 되고 있다.

☾

물방울이 잠시 휘청거렸다. 공간이 흔들렸다. 밀물이 시작되었다.

☾

어떤 시인은 조사助詞 하나를 가지고 일 년을 넘게 끙끙거렸다. 마치 단어 하나가 풍기는 뉘앙스가 전부라도 되는 것처럼, 그는 각각의 조사가 풍기는 느낌에 사로잡혀 헤매고 또 헤맸다. 그리고 그 느낌은 섣불리 말해질 수 없었다. 쉽게 말해져서는 안 되는 것처럼 느껴졌다. 한 번 내뱉고 나면 돌이킬 수 없을 것만 같았다. 일 년이 흘렀지만, 그는 그 어떤 조사와도 이별할 수 없었다. 마음의 준비가 아직 안 돼 있었다.

조사를 선택하는 동안, 그는 늙기 시작했다. 바다 위에 떠다니는 한 점의 물방울처럼, 그것은 끝끝내 잡을 수 없는 것처럼 보였다. 그는 매일 바다에 나가 물방울을 구하는 심정으로 시를 썼다. 사실, 시를 썼다기보다 조사를 선택하느라 골몰했다는 편이 옳을 것이다. 그에게는 접미사나 구두점처럼 일견 하찮게 보이는 것들조차 무겁고 버겁기만 했다.

그는 평생 단 한 편의 시만 남겼다고 한다. 그가 죽었을 때, 그의 책상 서랍에는 수만 가지의 단어가 쏟아져 나왔다고 한다. 그것들이 주는 질감이 너무나도 독특해서 그 누구도 선불리 그것들을 주워 담을 엄두를 내지 못했다.

☾

그 시인의 자취를 따라 물방울이 구르기 시작한다. 항해 도중에 조사를 쓸 자리라도 만난 것처럼, 물방울은 바다 위에서 잠시 멈칫거리기도 한다. 나비 한 마리가 섬 꼭대기에 앉아 날갯짓을 하고 있다. 분명 지구상 어느 지점에서 누군가는 울고 있을 것이다.

☾

어떤 음악가는 음표의 길이에 목을 매고 있었다. 그는 모든 음을 쪼갰다가 늘였다가 다시 이어 붙이는 데 정신이 팔려 있었다. 그는 온종일 파도의 넘실거림에 대해 떠올렸다. 넘실거리는 '파도'가 아니라 파도의 '넘실거림'에 대해. 그의 손가락은 물결치고 그의 입은 연방 씰룩거렸다. 몹시 서글프게도, 음들은 좀체 자리를 잡으려 하지 않았다. 마디 하나를 완성해도 남는 것은 한숨뿐이었다.

그의 생활은 도돌이표에 의해 조종되는 것처럼 보였다. 아무것도 변하지 않았다. 변하는 일이 없었다. 그는 삼십이분음표처럼 위태로워졌다가 숨표처럼 헐떡거리기를 반복했다. 간혹 온음표가 등장해 맘 놓고 한숨을 내쉴 때도 있었지만, 음에 둘러싸인 삶은 그렇게 만만하지 않았다. 바다를 보면 좀 나아질까 싶어 무작정 해변으로 나갔다. 푸른 파도를 보니 소리가 들렸다. 그것은 자신이 만든 음악이었다.

그날부터 자신이 만든 음악을 들으면 예의 그 파도가 떠올랐다. 음의 높낮이에 따라 파도가 밀려오고 치고 일고 넘실대다가 부서졌다. 그는 그 파도에 가만히 휩쓸렸다. 짙푸른 너울이 연푸른 물결이 되었다가 검푸른 격랑이 되어 돌아오기도 했다. 그는 스스로가 만든 덫에 빠졌다. 혹자는 그것을 색청色聽이라고 했다.

어느 날 밤, 그는 제자리표를 찍고 긴 잠에 들었다. 자신을 되찾을 수 있는 유일한 시간이었다. 새벽이 밝아오자, 기다렸다는 듯 다음 마디가 시작되었다.

☾

그 음악가가 대체 누구냐고 물을 때조차 물방울은 몸을 떨지 않을 수 없었다. 물방울은 자신의 몸을 연주할 사명을 결코 잊지 않았다. 포기하지 않았다. 바다 위에서 자신을 증명하는 방법을, 물방울은 좀체 놓으려 하지 않았다.

구름이 걷히자 해가 모습을 드러냈다. 물방울이 햇빛을 받아 반짝반짝 빛을 내기 시작했다. 물방울은 총천연색 자신이 자랑스러워져 어깨를 잠시 으쓱거렸다. 또다시 격랑이 시작될 징조가 보였다. 몇 개의 예민한 섬들이 몸을 떨고 있었다.

☾

어떤 화가는 미치기 일보 직전이었다. 그는 묘사에 대한 강박에 사로잡혀 있었다. 무언가를 똑같이 그려낸다는 것은 불가능하지 않은가. 그는 눈을 깜박일 때마다 변하는 공기의 색깔에 대해 잠깐 떠올리고는 무심결에 창밖으로 바다를 내려다보았다. 바다가 푸른가? 푸르다면 대체 얼마만큼 푸르지? 그 푸름은 대체 어떤 종류의 푸름인가? 그 푸름 뒤에는 무엇이 있지? 그는 결국 스스로가 던진 질문에 발이 묶여버렸다. 머리를 쥐어뜯으며, 그는 그만 바닥에 파란색 물감을 엎지르고야 말았다.

그는 일단 보이는 것을 크로키로 표현하는 데 온 힘을 기울였다. 일단 색에서 한 발짝 떨어져 있는 게 좋을 것 같다는 생각이 들었다. 채도와 명도에 대해 골몰하다가는 평생 그림 한 점도 완성하지 못할 것 같았다. 그러나 종일 손을 빠르게 움직이면서도, 그는 자동으로 물감에 눈길이 가는 것을 어찌하지는 못했다. 그의 낯빛이 어두워졌다. 그는 자기 자신이 채도와 명도를 잃고 있다는 사실에 절망했다. 푸른 눈이 광채를 잃은 지는 이미 오래되었다. 그는 우울해졌다.

크로키를 그리다가 그는 결국 그로기 상태가 되었다. 그는 작업실 바닥에 퍼더버리고 앉아 한숨을 푹, 내쉬었다. 한 방울의 눈물이 툭, 하고 떨어졌다. 그 눈물이 바닥에 있던 파란색 물감과 섞였다. 오묘한 마블링이 시작되었다. 그의 눈이 번쩍 뜨였다. 그래, 바로 이 색이야! 그는 창밖으로 바다를 내다보았다. 오늘만큼은 바닷물에 하염없이 몸을 담가도 되겠다는 생각이 들었다.

☾

잘 여문 물방울이 굴러간다. 쟁반 위의 옥구슬이나 지붕 위의 참새가 아닌, 그저 한 점의 물방울로서. 바다 위의 물방울이 아니라, 우연히 바다 위에 존재하게 된 물방울로서. 물방울은 그 자체로 둥글고 꽉 차 있다. 바야흐로 기표가 존재성을 획득하는 시간이다. 물방울은 그렇게 스스로 하나의 공간이 되고, 원래 공간이었던 곳을 차지하게 된다. 너무나 당연하다는 듯이, 원래부터 이렇게 될 수밖에 없었다는 듯이.

☾

바닷가에는 바람이 불고 햇볕이 내리쬐고 소금 냄새가 진동한다. 그리고 우리가 아는, 바로 그 물방울이 떠다닌다. 순리를 터득한 존재처럼, 더없이 편한 포즈로.

☾

지금 여기에는 색과 음과 말이 있다. 색은 번지고 음은 퍼지고 말은 내뱉어진다. 이것은 경향이고 수순이며, 나아가 거스를 수 없는 운명이다. 네가 그것들을 쥐락펴락하는 동안, 세계의 모든 에너지가 너를 향해 집중된다. 잠시 동안이지만, 너는 시공간의 중심이 된다.

이윽고 시가 완성되고 음악이 완성되고 그림이 완성되었다. 큰일이 벌어지기 직전 혹은 벌어진 직후처럼, 바다가 잠잠해졌다. 물방울이 오롯해졌다.

ㄴ

그리고 우리는 방금 스스로 만족하는 법을 터득했다. 호모 파베르로서 우리는 펜을 들고 붓을 들고 고막을 들었을 뿐인데 말이다. 기표를 있는 그대로 받아들였을 뿐인데 말이다. 물방울이 고개를 들고 다시 항해하기 시작한다. 비로소 우리는 자유에 대해, 진화에 대해 생각할 수 있는 여유를 얻는다.

물방울 한 점이 바다를 들썩이게 만든다. 물방울은 그저 몸을 한 번 뒤틀었을 뿐이다. 자신의 몸을 신나게 미끄러뜨렸을 뿐이다. 바다 위에서 물방울의 뒤척임은 나비의 날갯짓만큼이나 위태롭고 강력하다. 예의 그 예민한 섬들이 몸을 떨고 있다. 무시무시한 물방울 효과.

우리는 눈을 감는다. 철썩거리는 소리가 귀를 연이어 두드린다. 그리고 잠시 후, 기다렸다는 듯, 썰물.

아침달 시집 3

나는 이름이 있었다

1판 1쇄 펴냄 2018년 9월 10일
1판 9쇄 펴냄 2024년 8월 1일

지은이 오은
큐레이터 김소연, 김언, 유계영
편집 송승언, 서윤후, 정채영, 이기리
디자인 한유미, 정유경

펴낸곳 아침달
펴낸이 손문경
출판등록 제2013-000289호
주소 03980 서울시 마포구 양화로 7길 83, 5층
전화 02-3446-5238
팩스 02-3446-5208
전자우편 achimdalbooks@gmail.com

ISBN 979-11-89467-00-5 03810

값 12,000원

이 도서의 국립중앙도서관 출판예정도서목록(CIP)은
서지정보유통지원시스템 홈페이지(http://seoji.nl.go.kr)와
국가자료종합목록시스템(http://www.nl.go.kr/kolisnet)에서 이용하실 수 있습니다.
(CIP제어번호 : CIP2018026067)

아침달